Jack cc ó sobre la arena
caliente hasta alcanzar las
olas.

El agua estaba cálida y muy limpia.
Jack se protegió los ojos del sol con la mano
y se esforzó por mirar mar adentro.

Al parecer, el barco de vela estaba más
cerca de la costa. Ahora podía ver la
bandera.

Mientras la observaba, sintió un profundo
escalofrío.

La bandera era de color negro y, en el
medio, tenía *una calavera y dos huesos
cruzados.*

La casa del árbol #4

Piratas después del mediodía

Mary Pope Osborne
Ilustrado por Sal Murdocca
Traducido por Marcela Brovelli

Para Andrew Kim Boyce

PIRATAS DESPUÉS DEL MEDIODÍA

Spanish translation copyright © 2002 by Editorial Atlántida, S.A.
Revised translation by Teresa Mlawer.
Originally published in English under the title
MAGIC TREE HOUSE #4: Pirates Past Noon
Text copyright © 1994 by Mary Pope Osborne.
Illustrations copyright © 1994 by Sal Murdocca.

Published by arrangement with Random House Children's Books,
a division of Random House, Inc., 1745 Broadway, New York, NY 10019.

MAGIC TREE HOUSE ®
Is a registered trademark of Mary Pope Osborne, used under license.

978-1-930332-52-2

Printed in the U.S.A.

Library of Congress Cataloging-in-Publication Data
Osborne, Mary Pope.
        [Pirates past noon. Spanish]
        Piratas después del mediodía / Mary Pope Osborne ; ilustrado por
Sal Murdocca.
                p. cm. – (La casa del árbol ; #4)
        ISBN 1-930332-52-1 (pbk.)
        I. Murdocca, Sal. II. Title.
        PZ73.075 2003
        [Fic]—dc21
                                        2003005602

Índice

Piratas después
del mediodía

1

¡Demasiado tarde!

Jack se asomó por la ventana de su habitación. La lluvia caía sin cesar.

—En la televisión dijeron que al mediodía iba a dejar de llover —comentó Annie, su hermana, de siete años.

—El mediodía ya pasó —agregó Jack.

—Pero, Jack, tenemos que ir a la casa del árbol. Estoy segura de que esa persona M estará allí cuando lleguemos.

Jack se acomodó los lentes y respiró hondo. Sentía que aún no estaba listo para conocer a la persona "M", esa misteriosa persona que había colocado todos los libros en la casa del árbol.

—Vamos —dijo Annie.

—Está bien. Ve a buscar los impermeables y las botas. Yo traeré el medallón y el marcador —agregó Jack.

Annie fue corriendo a buscar lo que necesitaban.

Jack, mientras tanto, buscó dentro del cajón de su mesa de noche y sacó el medallón.

Era de oro y tenía grabada la letra M.

Después, sacó el marcador de cuero azul. También tenía grabada la misma letra M del medallón.

Las dos letras eran idénticas a la M que Annie y Jack habían visto en el suelo de la casa del árbol.

Jack agarró la mochila y guardó el medallón, el marcador, el lápiz y el cuaderno. A Jack le encantaba anotar todas las cosas importantes.

—¡Aquí están los impermeables y las botas! —gritó Annie desde abajo.

Jack agarró su mochila y bajó a encontrarse con su hermana que lo esperaba junto a la puerta de atrás.

—Te espero afuera —dijo Annie mientras se ponía las botas.

Jack se puso el impermeable y las botas, se colgó la mochila de los hombros y se reunió con su hermana en el jardín.

El viento soplaba con fuerza.

—¡Preparados! ¡Listos! ¡Ya! —gritó Annie.

Escondieron la cabeza en las capuchas y salieron corriendo bajo la lluvia, con el viento en contra.

No tardaron en llegar al bosque de Frog Creek.

Las ramas de los árboles se balanceaban de un lado al otro, chorreando agua de lluvia.

—¡Plaaaf! —exclamó Annie de pronto, saltando dentro de un charco de agua.

Después de atravesar varios charcos más, llegaron al roble más grande del bosque.

Detrás de dos de sus inmensas ramas estaba la casa del árbol. Bajo el cielo tormentoso, parecía sombría y completamente abandonada.

Del suelo de la casa colgaba una escalera de soga que el viento sacudía caprichosamente.

En ese momento, Jack recordó todos los libros que había visto dentro de la casa, con la esperanza de que estuvieran secos.

—La persona M estuvo aquí —comentó Annie.

Jack se quedó mirando a su hermana y le preguntó: —¿Cómo lo sabes?

—Tengo una corazonada —confesó Annie en voz baja.

Luego, se agarró de la escalera y comenzó a subir. Jack subió detrás de ella.

Dentro de la casa del árbol hacía frío y había humedad.

Pero los libros estaban secos y cuidadosamente ordenados, como los habían dejado el día anterior.

Annie tomó el que estaba arriba del todo. Era el libro de los castillos que los había transportado a la época de los caballeros.

—¿Recuerdas al caballero? —preguntó Annie.

Jack dijo que sí con la cabeza. Jamás olvidaría al caballero que los había ayudado.

Annie dejó el libro de los castillos y agarró el siguiente.

Era el libro de los dinosaurios, el que los había transportado a la época de la prehistoria.

—¿Te acuerdas de los dinosaurios? —preguntó Annie.

Jack asintió con la cabeza.

Jamás olvidaría al Pterodáctilo que lo había rescatado de las garras del Tiranosaurio.

Luego, Annie agarró un libro del antiguo Egipto.

—Miauuu —exclamó.

Jack sonrió con ternura. El libro de Egipto los había llevado a la época de los faraones. Allí, fueron rescatados por un gato negro.

—Y aquí está el libro de nuestro vecindario —dijo Annie, mientras sostenía un libro con el dibujo de la ciudad en la que vivían ella y su hermano Jack. Frog Creek, Pensilvania.

Jack sonrió nuevamente. El libro de Pensilvania los había traído de regreso a casa al final de cada nueva aventura.

Jack respiró profundamente. Todavía tenía dos grandes interrogantes.

¿Quién era la persona M? ¿Quién había puesto todos los libros en la casa del árbol?

Y, por último, necesitaba descubrir si el Pterodáctilo, el caballero y el gato negro conocían a la persona M.

Luego, Jack buscó dentro de su mochila, sacó el medallón de oro y el marcador de cuero, y los colocó en el suelo, justo encima del lugar donde brillaba la letra M.

La lluvia comenzó a entrar en la casa del árbol.

—¡Qué frío! Hoy la casa no está tan acogedora como otras veces —dijo Annie.

Jack tenía la misma sensación. Hacía mucho frío y la lluvia había empezado a colarse por el techo.

—¡Mira, Jack! —exclamó Annie señalando un libro que estaba abierto—. Si no me equivoco, todos los libros estaban cerrados.

—Es verdad —agregó Jack.

Annie agarró el libro y se quedó mirando un dibujo.

—¡Caramba! Este lugar es maravilloso —exclamó, mientras le mostraba el libro a Jack.

El dibujo mostraba una playa soleada, una enorme cotorra parada sobre la rama de una

palmera, y un barco que navegaba por un mar de un color azul muy brillante.

Otra ráfaga de viento y lluvia entró en la casa.

—Ojalá pudiéramos ir a este lugar —dijo Annie señalando el dibujo.

—¡Sí! —exclamó Jack con entusiasmo—. Pero...¿dónde queda este lugar?

—¡Demasiado tarde! —respondió una voz chillona.

Annie y Jack se dieron vuelta de inmediato.

Muy cerca de la ventana, sobre una rama, se había posado una cotorra. Era exactamente igual a la que aparecía en el dibujo.

—¡Demasiado tarde! —repitió la cotorra.

—¡Una cotorra parlanchina! —dijo Annie—. ¿Cuál es tu nombre? ¿Puedo llamarte Polly?

De repente, el viento comenzó a soplar.

—¡Oh, no! ¡Ahora sí que estamos en problemas! —dijo Jack.

El viento sopló con más fuerza.

Las hojas empezaron a sacudirse.

La casa del árbol comenzó a girar sobre sí misma. ¡Más y más fuerte cada vez!

Jack cerró los ojos. Después, todo quedó en silencio.

Un silencio absoluto.

Luego, cuando Jack abrió los ojos, oyó la voz chillona de Polly.

—¡Demasiado tarde!

2
El mar azul brillante

Jack sintió los rayos del sol colándose dentro de la casa del árbol.

El aire olía a agua salada.

Se oía el sonido de las olas.

Annie y él se asomaron por la ventana.

La casa estaba en la copa de una palmera. Un poco más a lo lejos, se veía el mar, de un brillante color azul. Un enorme barco de vela navegaba sobre la línea del horizonte. Todo era exactamente igual al dibujo del libro.

—¡Demasiado tarde! —chilló Polly nuevamente.

—¡Mira, Jack!

Polly volaba en círculos sobre la casa del árbol. De pronto, se alejó volando en dirección al mar.

—¡Sigámosla, Jack! ¡Vamos al agua! —dijo Annie mientras se quitaba el impermeable y lo tiraba al suelo.

—Espera. Primero tenemos que consultar el libro —dijo Jack. Trató de agarrarlo, pero Annie se le adelantó.

—¿Por qué no lo lees en la playa? —dijo, guardando el libro en la mochila de Jack sin mirar la portada.

Él suspiró resignado. A decir verdad, el agua se veía *irresistible*.

—De acuerdo —agregó Jack, y se quitó el impermeable.

—¡Vamos! —Annie le dio la mochila a su hermano y se dirigió a la escalera.

Jack dobló el impermeable y lo puso junto a los libros. Se colgó la mochila de los hombros y bajó por la escalera.

En cuanto Annie tocó la arena, salió corriendo a toda prisa hacia el agua. Jack se quedó observando cómo chapoteaba en el agua, todavía con las botas puestas.

—¡Quítate las botas! —dijo Jack en voz alta.

—No importa, después se secan —contestó Annie.

Jack se quitó las botas y los calcetines y los dejó al lado de la mochila. Se arremangó los pantalones y corrió sobre la arena caliente hasta alcanzar las olas.

El agua estaba cálida y muy limpia. Se veían caracoles y peces pequeños.

Jack se protegió los ojos del sol con la mano y se esforzó por mirar mar adentro.

Al parecer, el barco de vela estaba más cerca de la costa.

—¿Dónde está Polly? —preguntó Annie.

Jack miró a su alrededor, pero no vio señales de ella por ningún lado. Ni en la palmera, ni sobre la arena, ni sobre el mar.

Cuando Jack volvió a mirar hacia lo lejos, notó que el barco se había acercado todavía más. Ahora podía ver la bandera.

Mientras la observaba, sintió un profundo escalofrío.

La bandera era de color negro y, en el medio, tenía *una calavera y dos huesos cruzados*.

—¡Oh, no! —exclamó Jack casi sin aire, alejándose del agua.

—¿Qué ocurre? —preguntó Annie mientras chapoteaba en el agua detrás de su hermano.

Jack corrió en busca de su mochila. Annie lo siguió.

Sacó el libro, miró la portada y, juntos, por primera vez, leyeron el título del libro.

—¡Uuuuh! —exclamó Annie.

—*Los piratas del Caribe* —leyó Jack en voz alta.

3

Tres hombres en un bote

—¡Estamos en la época de los piratas! —dijo Jack.

—¿Piratas? —preguntó Annie con la voz quebrada—. ¿Como los de *Peter Pan*?

Rápidamente, Jack abrió el libro buscando el dibujo de la playa. Luego, leyó lo siguiente:

Hace trescientos años, los barcos piratas se dedicaban a asaltar a los barcos españoles que navegaban por el mar Caribe.

Jack agarró su cuaderno y escribió:

Piratas del Caribe

Luego, dio vuelta a la página y encontró el dibujo de una bandera. Debajo del dibujo decía:

El símbolo que identificaba las banderas piratas estaba formado por una calavera y dos huesos cruzados debajo de ella.

—¡Vámonos, Jack! —rogó Annie.

—¡Espera! Quiero dibujar la bandera en mi cuaderno.

Jack dejó caer el libro sobre la arena y se puso a dibujar.

—No copies el dibujo del libro, Jack. Observa el barco que está en el mar.

Jack se acomodó los lentes y continuó dibujando sin escuchar a su hermana.

—Jack, algunos piratas se están subiendo a un bote.

Pero él siguió dibujando como si nada.

—El bote se aleja del barco, Jack.

—¿Cómo? —preguntó él.

—¡Mira! —dijo Annie señalando hacia el mar.

Jack levantó la cabeza. El bote se aproximaba a la playa.

—¡Vámonos, Jack! —insistió Annie mientras corría hacia la casa del árbol.

Jack se levantó de un salto, pero se le cayeron los lentes.

—¡Apúrate, Jack! —volvió a insistir Annie en voz alta.

Jack se arrodilló sobre la arena para buscar los lentes. ¿Dónde estarían?

De pronto, vio algo que brillaba. Estiró el brazo y palpó algo de vidrio. Eran sus lentes.

Guardó el cuaderno y el lápiz dentro de la mochila y se la colgó del hombro.

Luego agarró las botas y los calcetines y corrió a toda prisa hacia la casa del árbol.

—¡Apúrate, Jack! ¡Ahí vienen! —dijo Annie parada ya en la escalera.

Jack volvió la mirada hacia el mar. Los piratas estaban ya muy cerca de la costa.

De repente, Jack vio el libro de los piratas tirado sobre la arena. Lo había olvidado.

—¡Oh, no! ¡Me olvidé el libro! —dijo Jack.

—¡Vamos, Jack! ¡Sube a la casa!

—¡Enseguida vuelvo! ¡Tengo que recuperar el libro! —dijo Jack, tirando las botas y los calcetines sobre la arena.

—¡Olvida el libro! —gritó Annie desde lo alto.

Pero Jack salió corriendo a toda prisa.

—¡Regresa! —volvió a gritar Annie.

Jack agarró el libro y lo guardó en la mochila.

De pronto, una ola gigante empujó el bote hacia la playa.

—¡Corre, Jack!

Tres corpulentos piratas bajaron del bote.

Cada uno llevaba un cuchillo entre los dientes y pistolas en los cinturones.

Sin perder un segundo, corrieron a toda velocidad para atrapar a Jack.

—¡Corre, Jack! ¡Corre! —gritó Annie asustada.

4
Tesoro de papel

Jack corrió por la arena caliente a toda velocidad.

Pero los piratas eran más veloces que él.

En menos de un segundo, el pirata más corpulento ¡lo había alcanzado!

Jack trató de soltarse, pero los brazos del pirata eran demasiado grandes y muy fuertes. El gigantesco hombre rió grotescamente; Jack había caído en sus garras.

El pirata tenía una larga barba negra. Un parche del mismo color le cubría un ojo.

De pronto, Jack oyó los gritos de su hermana que bajaba por la escalera.

—¡No te muevas de ahí! —gritó Jack.

Pero ella no le hizo caso.

—¡Deja en paz a mi hermano, fanfarrón! —gritó Annie.

Los otros dos piratas, al oír a Annie, se rieron a carcajadas. Tenían la ropa sucia y raída.

Sin perder tiempo, Annie se abalanzó sobre el pirata más corpulento.

—¡Suelta a mi hermano! —le gritó, dándole patadas y puñetazos.

Pero el pirata apenas refunfuñó un poco. Luego, atrapó a Annie de un manotazo. Entre las manos gigantes del pirata, Annie y Jack parecían dos gatitos.

—¡Nadie puede librarse del Capitán Parche! —dijo el pirata con voz de trueno. Tenía un aliento insoportable.

—¡Suéltenos! —le gritó Annie en la cara.

Pero él se echó a reír, dejando ver sus dientes negros.

Annie se quedó en silencio.

El Capitán Parche se rió más fuerte aún y se dio la vuelta para mirar a sus hombres.

—Vayan a revisar la casa, bribones —dijo el Capitán.

—¡Sí! ¡Sí! —respondieron y subieron por la escalera.

—¿Qué encontraste, Meñique? —preguntó el Capitán.

—¡Libros! —respondió Meñique en voz alta.

—Uf, libros —protestó—. ¡Quiero oro, perros!

—Los perros no son tan rudos como usted —observó Annie.

—¡Sssh! —exclamó Jack.

—¿Tú qué encontraste, Maloliente? —volvió a preguntar el Capitán Parche con voz de trueno.

—¡Aquí sólo hay libros! —contestó Maloliente.

—¡Qué horror! —dijo, y escupió en el suelo otra vez—. ¡Odio los libros! ¡Sigan buscando! ¡Tráiganme algo que valga la pena!

El Capitán Parche agarró la mochila de Jack.

—Veamos qué tenemos aquí —dijo.

—Nada —dijo Jack, arrebatándole la mochila—. Sólo tengo papel, un lápiz y un libro.

—¡Otro libro! —rugió el Capitán—. ¡Estoy buscando un tesoro! ¡De qué me sirven tus asquerosos libros!

De pronto, un grito de regocijo quebró la calma del lugar.

El Capitán Parche se quedó inmóvil como una estatua.

—¿Qué encontraron? —gritó con ansiedad.

—¡Mira, Parche! ¡Mira lo que encontramos!

Maloliente se asomó por la ventana. El medallón de oro colgaba de su mano.

"¡Oh, no!", pensó Jack.

—¡Arrójamelo! —gritó el Capitán.

—¡Eso no les pertenece! —protestó Annie en voz alta.

El Capitán soltó a los niños de inmediato y atrapó el medallón en el aire.

—¡Oro! ¡Oro! —gritó con felicidad. Miró hacia arriba y soltó una horrorosa carcajada.

Luego, agarró las pistolas y disparó varios tiros al aire. Meñique y Maloliente aullaban como lobos, de la alegría.

5

El tesoro del Niño

Annie y Jack se quedaron inmóviles. Estaban horrorizados.

Al parecer, el oro había hecho que los ambiciosos piratas perdieran la cabeza.

Jack le dio un codazo a su hermana y, muy despacio, comenzaron a retroceder hacia la casa del árbol.

—¡Alto! —gritó el Capitán Parche, apuntando a los niños con las pistolas—. ¡No den un solo paso más, mocosos!

Annie y Jack se quedaron quietos.

El Capitán Parche dejó ver su negra sonrisa y echó una mirada cómplice a Jack.

—Vamos, cuéntale a Parche dónde está todo lo que falta —dijo con voz ronca—.

De lo contrario, ya verás lo que hago contigo y con tu hermana.

—¿Qué? ¿De qué habla? —preguntó Annie.

—¡Quiero el resto del botín! —rugió el Capitán Parche—. ¡Sé que está en esta isla! ¡Tengo un mapa!

Buscó dentro de una pequeña bolsa que llevaba colgada del cinturón, sacó un trozo de papel todo arrugado y se lo mostró a los niños.

—¿Eso es un mapa? —preguntó Jack.

—Exacto. Con este mapa encontraré el tesoro del Niño.

—¿Cuál tesoro? ¿De qué habla? —preguntó Annie—. Nunca oímos hablar de ningún tesoro.

—¿Por qué no lee el mapa? —sugirió Jack.

—¡Léelo *tú*! —ordenó el Capitán Parche, poniéndole el mapa a Jack delante de la cara.

Jack contempló los extraños símbolos escritos sobre el papel.

—¿Qué quiere decir esto? —preguntó Jack.

—¿Qué quiere decir *qué*? —preguntó el Capitán.

—No entiendo estas palabras —agregó Jack señalando lo que ponía debajo del mapa.

—Bueno, esto quiere decir... —dijo el Capitán Parche mientras miraba las palabras. Luego, frunció el ceño, tosió y se rascó la nariz.

—Déjalo en paz —le dijo Meñique a Jack, con voz ronca.

—Sabes que Parche no sabe leer —agregó Maloliente.

—¡Cállense! —rugió el Capitán Parche, dirigiéndose a sus hombres.

—Jack y yo sabemos leer —dijo Annie.

—¡Sssh! —exclamó Jack.

—¡Parche, haz que lean el mapa! —dijo Maloliente.

El Capitán lanzó a los niños una hosca mirada y, con voz de trueno, les dijo:

El oro se encuentra bajo
el ojo de la ballena

—¡Lean el mapa!

—¿Después nos dejará ir? —preguntó Jack.

El pirata guiñó el ojo.

—Sí, mocoso, tan pronto como tenga el tesoro en mis manos los dejaré ir.

—Trato hecho —dijo Jack—. Le leeré el mapa: *El oro se encuentra bajo el ojo de la ballena.*

—¿Cómo, mocoso? ¿Y eso qué quiere decir? —preguntó el Capitán Parche con cara de pocos amigos.

Jack se encogió de hombros.

—¡Basta! ¡Llévenlos al barco! —gritó el Capitán—. ¡Se quedarán allí hasta que se pudran, a menos que me digan dónde está el tesoro!

Los piratas llevaron a Annie y a Jack al bote.

Las olas golpeaban ambos costados de la pequeña embarcación. A lo lejos, varias nubes oscuras anunciaban una tormenta. Se había levantado un viento muy fuerte.

—¡Vamos, inútiles! ¡Remen! —ordenó el Capitán Parche.

Meñique y Maloliente comenzaron a remar hacia el barco.

—¡Mira! —le dijo Annie a Jack señalando hacia la costa.

Polly, la cotorra, sobrevolaba la playa.

—Quiere ayudarnos —susurró Annie.

Luego, la cotorra voló hacia el mar.

Pero el viento era demasiado fuerte, así que tuvo que regresar a tierra firme.

6
El ojo de la ballena

El pequeño bote se balanceaba de un lado al otro entre las gigantescas olas. Jack se sentía algo mareado. La lluvia salada que levantaba el viento le salpicaba en los ojos.

—¡No dejen que el bote se incline! ¿Acaso quieren que esas bestias nos devoren? —gritó el Capitán Parche señalando el agua.

Decenas de aletas oscuras se asomaban a la superficie. Eran *tiburones*. De repente, uno de ellos dio un salto tan cerca del bote que Jack hubiera podido tocarlo con sólo estirar el brazo. El enorme pez lo hizo estremecer.

Finalmente, los piratas amarraron el bote junto al gran barco.

Se oía música de gaita y de violín, mezclada con gritos y risas burlonas.

—¡Súbanlos! —les gritó el Capitán a sus hombres.

A Annie y a Jack los alzaron con una soga y los dejaron en la cubierta.

El gran barco crujía y gemía entre las olas, meciéndose de aquí para allá. El viento

salvaje azotaba las cuerdas de la cubierta
sin piedad.

Annie y Jack se encontraron ante
muchos piratas. En cada rincón del barco
había uno.

Algunos bailaban, otros bebían y otros se
peleaban entre ellos, con espadas y con los
puños.

—¡Enciérrenlos en mi camarote! —ordenó el Capitán Parche.

Dos de los piratas que estaban en cubierta agarraron a Jack y a Annie y los encerraron en el camarote del Capitán, cerrando la puerta con llave.

Dentro del camarote, el aire era húmedo y había olor a agua salada. Un rayo de luz de color gris se colaba por la ventana, pequeña y redonda.

—¡Oh, no! —exclamó Jack—. Tenemos que encontrar la forma de regresar a la isla.

—Sí, así podremos subir a la casa del árbol para volver a casa —agregó Annie.

—Exacto.

De pronto, Jack se sintió muy cansado. ¿Cómo iban a hacer para salir de este lío?

—Va a ser mejor que consultemos el libro —dijo Jack, buscando el libro de piratas dentro de la mochila.

Y comenzó a leerlo hoja por hoja, tratando de encontrar alguna información útil.

—Mira, Annie.

Jack había encontrado el dibujo de unos piratas que enterraban un cofre con un tesoro adentro.

—Este dibujo podría ser muy útil para nosotros —dijo Jack.

Annie y su hermano leyeron lo que decía debajo del dibujo:

> **El Capitán Niño fue un pirata muy famoso.**
> **Según se comentaba, había enterrado un cofre**
> **lleno de oro y joyas en una isla desierta.**

—¡El Capitán Niño! —exclamó Jack sorprendido.

—Entonces, cuando el Capitán Parche nos preguntó por el tesoro, se *refería* al tesoro del Capitán Niño.

—Exactamente —dijo Jack.

Annie miró por la pequeña ventana redonda.

—El tesoro del Capitán Niño está enterrado en algún lugar de la isla —agregó.

Jack tomó su cuaderno y escribió:

El tesoro del Capitán Niño
está en la isla.

—Jack —dijo Annie de repente.

—¡Sssh! —exclamó él—. Espera un momento, estoy pensando.

—Adivina lo que acabo de ver —dijo Annie.

—¿Qué? —dijo Jack, sin apartar la vista del libro.

—Una ballena.

—Sí, claro —dijo Jack. Luego, levantó la cabeza y preguntó—: ¿Una ballena? ¿Dices que viste una ballena?

—Sí, es tan grande como un campo de fútbol.

Jack se levantó de un salto y se asomó por la pequeña ventana.

—¿Dónde está? —preguntó. Lo único que podía ver eran las olas embravecidas, las aletas de los tiburones y, a lo lejos, la isla desierta.

—¡Allá! —respondió Annie.

—¿Dónde? No la veo.

—¡Fíjate bien, Jack! ¡La isla *tiene* la forma de una ballena!

—¡Increíble! —susurró Jack cuando distinguió la ballena.

—Mírale el lomo —agregó Annie.

—Sí, ya lo veo.

De lejos, la ladera de la isla tenía la forma del lomo de una ballena.

—¿Ves el chorro de agua, Jack?

—Sí, lo veo —contestó. La palmera donde estaba la casa del árbol parecía el chorro de agua que expulsan las ballenas.

—¿Ves el ojo? —preguntó Annie.

—Sí.

En la punta de la isla había una roca negra muy grande que, de lejos, parecía el ojo de la ballena.

—¡Ajá! *"El oro se encuentra bajo el ojo de la ballena"* —dijo Jack en voz baja.

7
El silbido del viento

—Entonces el tesoro debe de estar debajo de la roca —dijo Annie.

—¡Exacto! —agregó Jack—. Tenemos que regresar a la isla con el Capitán Parche y sus hombres para que desentierren el tesoro. Mientras ellos cavan, nosotros podremos escaparnos a la casa del árbol sin que se den cuenta.

—Y, después, con sólo pedir un deseo estaremos en casa —dijo Annie.

—Así es —dijo Jack. Asomó la cabeza por la pequeña ventana y gritó—: ¡Capitán Parche!

Los piratas repitieron a coro:

—¡Capitán Parche! ¡Capitán Parche!

De pronto, se oyó una horrible voz:

—¡Eh! ¿Qué sucede?

El Capitán Parche asomó su horrible rostro por la ventana y miró a Jack:

—¿Qué quieren, mocosos?

—Estamos dispuestos a decir la verdad, señor —dijo Jack.

—Vamos, hablen —dijo el Capitán.

—Sabemos dónde está el tesoro del Capitán Niño.

—¿Dónde?

—No podemos decírselo. Tenemos que mostrarle dónde está —dijo Annie.

El Capitán Parche se quedó mirando a los niños con cara de enojo.

—Vamos a necesitar una soga —dijo Jack.

—Y varias palas —agregó Annie.

El Capitán refunfuñó entre dientes, y

llamó a sus hombres: —¡Traigan una soga y algunas palas!

—¡Sí! ¡Sí! ¡Capitán!

—¡Lleven a estos mocosos al bote! ¡Regresamos a la isla!

—¡Sí! ¡Sí! ¡Capitán!

Una vez en el bote, Jack notó el cielo cubierto de nubes oscuras. Las olas habían crecido y el viento silbaba sin cesar.

—El viento sopla muy fuerte —dijo Meñique.

—Si no encontramos el tesoro, yo mismo te haré volar más rápido que el viento. Si no lo hago, que me parta un rayo —gritó el Capitán Parche—. ¡Remen, inútiles! ¡Vamos!

Los tres piratas remaron con fuerza, tratando de atravesar las olas hasta que, por fin, llegaron a la isla.

El Capitán Parche agarró del brazo a los niños.

—Muy bien, mocosos —dijo—. Ahora

muéstrennos dónde está el tesoro.

—Ahí está —dijo Annie señalando la gran roca negra, cercana a la punta de la isla.

—Debajo de esa roca —agregó Jack.

El Capitán llevó a Annie y a Jack hasta la roca.

Miró a sus hombres y les ordenó que comenzaran a cavar la tierra.

—¿Y usted, no hace nada? —preguntó Annie.

—¿Yo? ¿Trabajar? —dijo el Capitán Parche riéndose entre dientes.

Jack respiró hondo. ¿Cómo iban a hacer para librarse de él?

—¿No debería ayudar a sus hombres? —preguntó Jack.

El Capitán Parche lo miró con una sonrisa burlona.

—¡No! ¡Me quedaré vigilándolos hasta que tenga el tesoro en mis manos!

8

¡Caven, inútiles, caven!

Meñique y Maloliente ataron la soga alrededor de la roca.

El viento aullaba sin cesar. Mientras tanto, los dos piratas tiraban y tiraban de la cuerda.

—¡Necesitan ayuda! —dijo Jack.

—Bah, deja que esos inútiles hagan su trabajo —gruñó el Capitán Parche.

—Es muy brusco con sus hombres —dijo Annie.

—¿A quién le importa eso? —preguntó el Capitán.

—¡Capitán! ¡Movimos la roca! —gritó Meñique.

Los hombres del Capitán arrastraron la roca por la arena.

—¡Ahora, tenemos que cavar en el sitio donde estaba la roca! ¡Vamos, todos a la vez! —sugirió Jack.

Pero el Capitán Parche ignoró a Jack.

—¡Vamos, inútiles! ¡Comiencen a cavar! —gritó el Capitán.

Meñique y Maloliente agarraron las palas y se pusieron a cavar. El viento soplaba con más fuerza. Estaba por desatarse una tormenta.

—¡Ay, me entró arena en los ojos! —se quejó Meñique.

—¡Ay, qué dolor de espalda! —se quejó Maloliente.

—¡Sigan cavando! —gruñó el Capitán sin soltar a los niños. Los tenía agarrados con una sola mano, y con la otra mano, sacó el medallón de oro.

Arrojó el medallón en dirección a los piratas y éste cayó dentro del foso.

—¡Sigan cavando! ¡No me conformaré con un triste medallón! —chilló el Capitán Parche.

—¡Mira! —dijo Annie.

¡Polly había regresado! Volaba en círculos sobre ellos.

—¡Regresen! —chilló la cotorra.

47

Meñique y Maloliente miraron a Polly enfurecidos.

—¡Sigan cavando! —rugió el Capitán Parche.

—¡Se aproxima una tormenta, Capitán! —dijo Meñique.

—¡Regresen! —chilló Polly.

—¡Éste es un pájaro de mal agüero, Capitán! —gritó Maloliente.

—¡Vamos, caven! —volvió a rugir el Capitán Parche.

—¡Regresen! —insistió Polly con voz chillona.

—El pájaro trata de advertirnos algo —gritó Meñique—. ¡Tenemos que regresar al barco antes de que sea demasiado tarde!

De pronto, los dos piratas tiraron las palas al suelo y salieron corriendo hacia el bote.

—¡Regresen! ¡Vamos, obedezcan! ¡Deténganse! —gritó el Capitán Parche, mientras corría detrás de sus hombres arrastrando a los niños hacia el agua.

Pero los piratas desobedecieron al Capitán. No se detuvieron hasta llegar al bote.

—¡Esperen! —gritó el Capitán Parche.

Meñique y Maloliente se subieron al bote y comenzaron a remar.

—¡Esperen! —insistió. El Capitán soltó a los niños de inmediato, corrió hacia la playa y se subió de un salto.

Los tres piratas desaparecieron detrás de las olas.

—¡Regresen! —gritó Polly.

—¡Nos lo dice a *nosotros*! —dijo Annie.

En ese momento, se desató la tormenta sobre la isla. El viento comenzó a soplar con furia. La lluvia empezó a caer copiosamente.

—¡Vámonos! —gritó Annie.

—¡Espera! ¡Tengo que recuperar el medallón! —gritó Jack. Corrió hacia el foso y miró adentro.

A pesar de que estaba muy oscuro, el medallón resplandecía intensamente.

Las enormes gotas de agua que caían dentro del foso, removieron la arena del suelo.

De pronto, Jack distinguió un trozo de madera que asomaba desde el fondo del foso.

La lluvia removió el resto de la arena y Jack pudo ver la tapa de un viejo cofre.

Se quedó mirándolo sin moverse. ¿Sería el cofre del Capitán Niño?

—¡Apúrate, Jack! —gritó Annie desde la escalera de la casa del árbol.

—¡Lo encontré! —gritó Jack—. ¡Encontré el tesoro!

—¡Olvídate del tesoro, Jack! ¡Tenemos que irnos! ¡La tormenta es cada vez más fuerte!

Jack no podía apartar la vista del cofre. ¿Qué habría adentro? ¿Oro? ¿Plata? ¿Piedras preciosas?

—¡Sube a la casa! —Annie llamó a su hermano desde el interior de la casa.

Pero Jack no podía despegarse del cofre. Comenzó a quitarle la arena a la tapa.

—¡Olvídate del tesoro, Jack! —gritó Annie—. ¡Vámonos!

—¡Regresa! —dijo Polly con voz chillona.

Jack miró a la cotorra que se había posado sobre la roca negra, y se quedó observando sus sabios ojos. De pronto, tuvo la sensación de haber visto esa mirada en algún otro lugar.

—¡Regresa, Jack! —repitió la cotorra, con una voz tan clara como la de una persona.

Sin duda, era hora de regresar.

Jack echó un último vistazo al cofre. Luego, agarró el medallón de oro y salió corriendo hacia la casa del árbol.

Sus botas y calcetines aún estaban tirados en el suelo, al pie del árbol. Antes de subir se puso las botas y guardó los calcetines en la mochila.

El viento sacudía la escalera de soga de un lado al otro.

Jack se agarró de ella con fuerza y comenzó a subir. El viento lo mecía de aquí para allá, pero se aferró a la soga para no caerse.

Por fin, pudo entrar en la casa.

—¡Vámonos! —gritó Jack.

Annie tenía el libro de Pensilvania en la mano. Señaló el dibujo de Frog Creek y dijo:

—¡Queremos estar aquí!

Hacía mucho viento. Pero entonces empezó a soplar con más intensidad.

La casa del árbol comenzó a girar sobre sí misma, más y más fuerte cada vez.

Después, todo quedó en silencio.

Un silencio absoluto.

9

La misteriosa letra M

Jack abrió los ojos.

Las gotas de lluvia se colaban por la ventana.

Annie y Jack estaban de vuelta en Frog Creek. La tormenta había cesado. Ahora corría una suave brisa y el aire tenía un sabor dulce.

—¡Qué horror! —exclamó Jack suspirando—. Por poco no lo logramos, ¿eh?

Todavía tenía el medallón de oro en la mano.

—Polly se fue —dijo Annie muy triste—. Me hubiera gustado que viniera con nosotros.

—Ninguna de las criaturas mágicas nos han acompañado en el viaje de regreso, Annie —comentó Jack.

Se quitó la mochila de la espalda, todavía húmeda.

Sacó el libro de piratas y lo puso encima del libro de los dinosaurios. Debajo estaba el libro del caballero y, debajo de éste, el del antiguo Egipto.

Jack colocó el medallón al lado del marcador que tenía la letra M.

Se arrodilló y pasó el dedo por encima de la letra M, que brillaba sobre el suelo de madera.

—No encontramos ninguna M en este viaje —dijo.

—Tampoco encontramos a la persona M —agregó Annie.

—*¡Hola! ¡Brrrrr!*

—¡Polly! —gritó Annie.

La cotorra entró de golpe en la casa del árbol, se posó sobre la pila de libros y miró a Jack detenidamente.

—¿Q-Qué haces aquí? —quiso saber Jack.

Muy lentamente, Polly empezó a desplegar sus brillantes alas, que fueron creciendo más y más hasta quedar extendidas por completo, como una enorme capa verde.

De pronto, de un estallido de colores, plumas y chillidos emergió un nuevo ser.

Polly se había convertido en una bella
dama, de larga cabellera blanca y mirada
profunda.

Vestía una capa de plumas de color verde y estaba de pie sobre la pila de libros, con el rostro sereno, con el alma en paz.

Annie y Jack se quedaron inmóviles, sin decir una sola palabra. Estaban maravillados.

—Hola, Jack. Hola, Annie —dijo la mujer—. Mi nombre es Morgana le Fay.

10

Un nuevo tesoro

De repente, Annie recuperó la voz:

—La misteriosa persona M es una mujer, Jack.

—Así es —dijo Morgana.

—¿De-de dónde es? —preguntó Jack.

—¿Alguna vez oyeron hablar del rey Arturo? —preguntó Morgana.

Jack dijo que sí con la cabeza.

—Bueno, yo soy su hermana —agregó ella.

—Usted es de Camelot —dijo Jack—. Una vez leí algo sobre ese lugar.

—¿Qué leíste sobre mí, Jack?

—Usted, usted es una bruja.

—No puedes creer *todo* lo que lees, Jack —le advirtió Morgana sonriendo.

—¿Usted es adivina? —preguntó Annie.

—Casi todos me llaman hechicera. Pero también soy bibliotecaria.

—¿Bibliotecaria? —repitió Annie.

—Así es. He venido a este siglo, a esta época, en busca de libros. Ustedes tuvieron la suerte de haber nacido en una época en la que abundan los libros.

—¿Los libros son para la biblioteca de Camelot? —preguntó Jack.

—Exactamente —respondió Morgana—. Siempre vengo a esta casa para poder reunir palabras de distintas partes del mundo y de distintas épocas.

—¿Encontró muchos libros aquí? —preguntó Jack.

—Oh, sí. Encontré muchos libros. Todos son maravillosos. Quiero tomarlos prestados para que nuestros escribas los copien.

—¿Usted puso los marcadores en los libros? —preguntó Jack.

—Sí, fui yo. Como habrás notado, me agradan mucho los dibujos de los libros. A veces, cuando miro uno, tengo deseos de viajar al lugar de la escena. Cada marcador indica el lugar que deseo visitar.

—¿Cómo hace para ir a esos lugares? —preguntó Annie.

—Le di un poder mágico a la casa del árbol —contestó Morgana—. Cada vez que señalo un dibujo y expreso mi deseo de verlo, la casa me transporta a ese mismo lugar.

—Creo que se le perdió esto en la tierra de los dinosaurios —comentó Jack.

Y le dio a Morgana el medallón de oro.

—¡Oh, muchas gracias! Tantas veces me pregunté dónde lo habría perdido —dijo Morgana mientras guardaba el medallón en un bolsillo invisible de su capa.

—¿El poder mágico funciona con cualquier persona? —preguntó Annie.

—¡Oh, no! No con cualquiera. Ustedes son los únicos que pueden hacerlo. Nadie antes ha visto mi casa del árbol.

—¿Es invisible? —preguntó Annie.

—Sí —contestó Morgana—. Creí que nadie la descubriría. Pero llegaron ustedes y, de alguna manera, se conectaron con mi poder mágico.

—¿Có-cómo sucedió? —preguntó Jack.

—Bueno, creo que por dos razones —explicó Morgana—: La primera es que Annie cree profundamente en la magia. Por eso pudo ver la casa. Además, la convicción de tu hermana te ayudó a verla.

—¡Increíble! —exclamó Jack.

—La segunda es que tú tomaste uno de los libros, Jack. Y tu amor por los libros hizo funcionar mi poder mágico.

—¡Vaya! —exclamó Annie.

—No se pueden imaginar lo que sentí cuando viajaron a la tierra de los dinosaurios. Tuve que tomar una decisión urgente. Así que decidí ir con ustedes.

—¡Ah, entonces, el Pterodáctilo...! ¡Era usted! —dijo Annie.

Morgana sonrió.

—¡Y el gato, y el caballero, y Polly! —agregó Annie.

—¿Usted se transformó en todos ellos para poder ayudarnos? —preguntó Jack.

—Sí, pero ahora debo regresar a mi hogar. La gente de Camelot me necesita.

—¿Se va a ir? —preguntó Jack en voz baja.

—Me temo que debo hacerlo —dijo.

Morgana le dio la mochila a Jack. Annie y su hermano agarraron los impermeables. Había dejado de llover.

—¿Verdad que no se olvidará de nosotros? —preguntó Annie.

—Nunca —contestó Morgana sonriendo—. Ustedes se parecen mucho a mí. Tú amas lo imposible, Annie. Y tú, Jack, amas el conocimiento. ¿No es una combinación maravillosa?

Morgana le Fay acarició a Annie en la frente. Después, acarició a Jack, sonriendo.

—Adiós —dijo.

—Adiós —respondieron Annie y Jack al mismo tiempo.

Annie fue la primera en bajar de la casa del árbol, Jack bajó detrás de ella.

Bajaron la escalera por última vez y se quedaron parados junto al roble, mirando hacia arriba.

Morgana estaba asomada a la ventana. La brisa ondulaba su largo cabello blanco.

De pronto, el viento comenzó a soplar.

Las hojas empezaron a temblar.

Un agudo silbido invadió el aire del lugar.

Jack se tapó los oídos y cerró los ojos.

Luego, todo quedó en silencio.

Un silencio absoluto.

Cuando Jack abrió los ojos, la casa del árbol ya no estaba allí. Los niños se quedaron inmóviles mirando el roble vacío, escuchando los sonidos del silencio.

—Vámonos, Jack —dijo Annie con un suspiro.

Él contestó que sí con la cabeza. Estaba tan triste que ni siquiera podía hablar.

Mientras caminaban, se puso las manos en los bolsillos.

De repente, notó que había algo en uno de ellos.

Era el medallón de oro.

—¡Mira, Annie! Pero, ¿cómo puede ser?

—Morgana debe de haberlo puesto en tu bolsillo —dijo Annie sonriendo.

—Pero, ¿cómo lo hizo?

—Magia, Jack. Para mí, es una señal de que regresará.

Jack sonrió. Mientras caminaban por el bosque húmedo y soleado, Jack apretaba con fuerza el medallón.

Las hojas de los árboles, húmedas con el agua de lluvia, brillaban intensamente bajo la luz del sol.

En realidad, el bosque entero parecía brillar.

Las ramas de los árboles, los charcos, las flores silvestres, la hierba y las enredaderas resplandecían con el fulgor de las piedras preciosas y el brillo del oro.

"Annie tenía razón", pensó Jack.

Olvídate del tesoro.

El verdadero tesoro estaba en el hogar de los niños, en cada rincón de la casa.

¿Quieres saber adónde puedes viajar en la casa del árbol?

La casa del árbol #1,
Dinosaurios al atardecer
Jack y Annie descubren una casa en un árbol y al entrar viajan a la época de los dinosaurios.

La casa del árbol #2,
El caballero del alba
Annie y Jack viajan a la época de los caballeros medievales y exploran un castillo con un pasadizo secreto.

La casa del árbol #3,
Una momia al amanecer
Jack y Annie viajan al antiguo Egipto y se pierden dentro de una pirámide al tratar de ayudar al fantasma de una reina.

La casa del árbol #4,
Piratas después del mediodía
Annie y Jack viajan al pasado y se encuentran con un grupo de piratas muy hostiles que buscan un tesoro enterrado.

Mary Pope Osborne ha recibido muchos premios por sus libros, que suman más de cuarenta. Mary Pope Osborne vive en la ciudad de Nueva York con Will, su esposo y con su perro Bailey, un norfolk terrier. También tiene una cabaña en Pensilvania.